SHI
TOU
HUA
WEN

杨森君

——

著

石頭花紋

黄河出版传媒集团
阳光出版社

图书在版编目（CIP）数据

石头花纹 / 杨森君著. -- 银川：阳光出版社,
2020.12
ISBN 978-7-5525-5698-8

Ⅰ.①石… Ⅱ.①杨… Ⅲ.①诗集－中国－当代
Ⅳ.①I227

中国版本图书馆CIP数据核字(2020)第272116号

石头花纹

杨森君　著

责任编辑　申　佳　谢　瑞
封面设计　晨　皓
责任印制　岳建宁

黄河出版传媒集团
阳　光　出　版　社　出版发行

出 版 人　薛文斌
地　　址　宁夏银川市北京东路139号出版大厦（750001）
网　　址　http://www.ygchbs.com
网上书店　http://shop129132959.taobao.com
电子信箱　yangguangchubanshe@163.com
邮购电话　0951－5014139
经　　销　全国新华书店
印刷装订　宁夏凤鸣彩印广告有限公司
印刷委托书号　（宁）0019920

开　　本　720mm×980mm　1/16
印　　张　12.25
字　　数　100千字
版　　次　2021年1月第1版
印　　次　2021年3月第1次印刷
书　　号　ISBN 978-7-5525-5698-8
定　　价　48.00元

序

　　到了明天，这本书一定不是现在的样子，就像这本书昨天的样子不同于今天。这是令人尊敬的博尔赫斯提供给我的启发。一本书在不同的时辰，会呈现出不同的信息场。我对这本书的任何一首诗，都存有感激——它们是一个变数，它们的魅力正在于此。它们不受常规的局限，可以生，可以死。一首现在读来可能是无聊的诗，在将来的某一刻可能会重新引发我新的思考与喜爱。正如，我不认为自己今天被特别看好的诗，明天就一定会被看好；也不认为自己今天认为写坏的诗，就一定会坏下去。单一的评价标准只会伤害它们。

　　任何事物都在变化中，对一首诗的喜爱也是一样，不是它变就是你变。这种变不是绝对的，它可能会因时空、地域、文化传统、价值观念的差异而变化。对于热血青年来说，但丁的"我不下地狱谁下地域"更具有煽动性，但是，对于一个年迈的人来说，可能会重新理解它，让它变得更为温和。这本书中，一些作品无疑会遇到它们的老读者，但是，我不担心他们会厌倦，我更希望他们在重新读到它们时，会获取新的感受。这几乎是对读者是否持续敏感的一种考验。

时间的长短是检验一个诗人是否成熟的硬指标。我怀疑年轻的天才——即便有，我也觉得那是个误会。中国古话中的"大器晚成"也许就是某种告诫。我深知积累的重要，我也明白青春期的勇猛并非智慧。我宁愿这样招来非议。我曾经有过这样的断言，只要持久专一地坚持写下去，总会成就一个非同凡响的自己。我说的是写作。

一个男人过了五十，应该饱尝了人世的酸甜苦辣，如果正好又从没有放弃真诚有效的阅读，他的写作应该更加厚重、更加富有生气，而不是常人担心的退化与自暴自弃。为此，我思考，也警惕。赢在终点才是成功，写作尤是。我为这样的思考而努力，不希望被相对经验化的惯性打败。

这本书需要重读，需要不断地合上、再打开——不是为了完成一项阅读任务。一些奇妙的事情，有时我也说不清，就像整理旧作时，我会重新爱上多年前轻易被我废掉的某一首诗。这不是心血来潮。文字是对事物的呈现，写出就是存在。鉴于写作的自觉——我后来才明确，写作是一种有观点的创造。所以，我写下的每一首诗，都是思想的结果，或者说，它们都是我在个人化的思考中完成的。

我不过分偏爱某一首诗，当然，在不可避免地进行相似性的创作，我尽量让它们看起来不一样，虽然我做得并不尽善尽美。我也会思考写下一首诗的价值，为此，我喜欢听到来自喜欢者的赞美。我不认为诗人的写作等同于逗人开心的马戏团剧目。诗人的写作是隐蔽的，并不是在众目睽睽之下完成的。毕竟，当一首诗在世间遇到了喜欢它的人，诗人是不在场的。他只派出了自己的使者——诗，是诗寻找它的读者，而不是诗人自己。这本书中的诗篇，差不多就是这样。

杨森君

2021 年 3 月 13 日

目 录

一 隅

我终将是遗忘者
曾经刻骨铭心的记忆

我的孤独
能够轻易换取到的

也绝不是
孤独本身

这个夏夜
雨幕密布

天空在远处打雷
我在西域写诗

玛曲小记

高原孕育青蓝之花

也让一只蝴蝶

在无边的虚无中

掉入陷阱

处于日光中的一片湖泊

一直在清洗

水中细小的石子

与实景不同

倒影中的狮子是落日

时间游戏与生锈的火车

多年前

我开始准备接站

一列

由东向西的火车

冒着黑烟

不幸的是

火车中途坏掉

停放在

华中平原

乘客集体

走下火车

只有一人

坐在上面

她要目送火车

从头至尾

变成一堆废铁

其实，大海伤痕累累

一艘舰艇

在海上行驶

舰艇每驶出一段距离

海面上就会裂开一条宽大的缝隙

紧接着

暗蓝色的海水

从两侧涌来

把白花花的波浪

重新包裹

让海面看起来，没有任何划痕

重金属

月亮
把大海照亮

海风在大海里捞针

坐在海边
我有一个梦想

写一首
沉船一样的诗

夜宿邽山下

楼前的白玉兰
我已经喜欢过了

我喜欢过它们
我自己证明

我喜欢这样的白
植物的气息
烘托着它——

一枝独秀
在一块草坪中央

它的白
胜过月光

胜过
我用过的
任何一张白纸

邽山行记

站在邽山上
就能感觉到
与邽山临近的虚空
也是邽山的一部分

天空的蓝
大地的绿
光束中的每一株植物
都异常好看
少了人间的俗气

我有折花悦己的习惯
但是今天，我告诫自己
不能以摘下花朵的方式
爱邽山上的花草

我要替自己珍惜这一念——
从露在地面的石头上
找到属于邽山的花纹
在一束束高挑的花茎上
寻找神的设计

叶尔羌河滩

河滩上的卵石在发光

白昼下，我远远地看见它们

当我重新打量它们时

它们是黑色的、白色的、浅灰色的

那是我来到了它们中间

鹅嫚山秋色

一枚松针的微小，可以局限我
一座山的庞大，也可以局限我

秋风
不会让我看见它的形体，但是
石头被它吹凉了

草木中低垂的微小花盘
会不会依然在与时光做着持久的较量
走着，不小心
又会被我碰落几枝

还有流水，我并不知道
它最后的去向
但是，它在急切地冲向谷底

此处长艾草，彼处长灌木
我们不便干涉

就像，有些植物使用花朵，选择蝴蝶
有些植物使用枝条，选择乌鸦

猎　手

猎手射杀过的盘羊、土獭与鹰

不计其数

否则

他就不配做猎手

猎手

从没有放弃

追逐

一只可能存在的猎物

当他放倒一只豹子

下一个目标

又会在他心中出现

至于

是一只什么猎物

事先猎手并不知道

这只猎物就生活在草原上

不排除是一只

连猎手都没有见过的猎物

以至于

当遇见它时

猎手并没有马上开枪

而是

先欣赏完

猎物

光滑的皮毛

才扣动了扳机

阿拉善神驼

不是所有的泪水都意味着悲伤

当你看到一匹立于雅布赖草原上的骆驼

在安静地流眼泪

真相也许仅仅是——

它在用泪水清洗眼里的沙子

察哈尔滩

只有我

在描述星星时

变得谨慎、含蓄

星星并不像

我们站在察哈尔滩

看到的这样微小、稠密

据说，白矮星是地球的十八万倍

土星相当于八百三十个地球

海王星的直径是地球的四倍……

这样的统计

我有所怀疑

但没有理由不信

站在察哈尔滩

夜空中的星星

小如豆粒

似乎随时都会掉下一颗

我承认

我曾频繁地使用"微小"二字

描述过星辰

有那么一会儿

在察哈尔滩

美丽的星空下

我居然心生恐怖

我担心在抬头仰望星空的一刻

某颗星星

俯冲而下

正好砸下来

这首诗中不能少掉的部分

不能少掉的部分
是一棵花楸树

还有露天阳台上
晒着的干玉米

一把老式桌椅上
放着的两杯茶

从前院到后院的石径两旁
依然热烈的红辣椒

一块不该刻上铭文的黄河石
上面留着雨水的痕迹

不能少掉的部分
还有扶我从木梯上走下来的姑娘

我为什么要把它们写进这首诗
并不确定

并且，我还要在这篇诗的结尾处这样记载

2019 年 6 月 29 日
杨森君到过青铜峡九渠文化小镇
他带病说诗，并且声情并茂地
朗诵了博尔赫斯的
《雷蒂罗庄园》

秋日来临

还有多少陌生物件在逼近
从裂开的缝隙间伸出一小块影子
还有多少只
金色甲虫背着无用的外壳来不及卸掉

泛黄的土质几乎很少看到幼兽的踪迹
但，顺着声线看去，一只灰鸟
把自己送上天空

当时的情景是，白昼放低了弧面
一只只黑头谷
正被时光轻轻摧毁——

它们慢慢弯下来
喂到野兔的嘴里

暮色深沉

作为白昼之王——

落日并没有熄灭，它正在暗中冶炼自己的钢铁

我如此猜测

当群山堵住了我们的视线

一列火车

每到夜晚

郊外就会开过去一列火车

火车的声音短暂

一会儿工夫

郊外就变得沉寂

如果这是同一列火车

火车厢体应该换过

几次油漆了

这么多年过去了

我的生活

发生了许多改变

我的年岁在增加

最小的孩子已经七岁

在他尚未出生之前

我和他的妈妈

曾步行到郊外

专门去看火车

夜幕中

我们并不害怕

那时，孩子的妈妈

二十岁出头

她愿意跟着我

到任何地方

包括坐上

这列绿皮火车

毫无目的

去一趟西安

什么也不干

再坐回来

草川铺

一个被当地人经常提起的名字
我却第一次听说，第一次——

在大雾缭绕的九龙山北侧
探访了两处
建于清代的房舍

这是草川铺
骄傲于世的一个明证

木头的年龄长于人寿
镂空的雕花木窗，一扇完好
一扇局部受损
时光宽待了它们
它们也迎合了时光的处置

通向堂屋的青石板
依然能看清槽痕
没人告诉我已故主人的确切身世
我只能通过摆放在堂屋里的

八仙桌、官帽椅、翘头案

猜测——

这里住过一个大户人家

一棵百年的核桃树

枝干皲裂

身躯庞大

矗立在院子中央

任何人都可以在它的下面乘凉

当然，不一定持有一把弯刀

才能吃到草川铺的核桃

石头是神赐之物

谁都可以

投之以石，报之以桃

我用一块庞公石

敲开了去年的一堆核桃

菜园子遗址

一只残损的褐色陶罐

在不久前

被人挖出

撇在一个土坑边上

据说，这个叫菜园子的地方

经常会有来路不明的探宝人

白天踩点

晚上下手

几个寻访古迹的人，各自散开

有记者、诗人、摄影家

还有一位带路的当地人

如果荒凉是一种美

黄昏赋予给菜园子遗址的轮廓

刚好印证了

它作为一座废墟的本质

一截土墙伸入地下

其余的部分

在阳光下持续暴晒

叫菜园子的地方

看不见菜农

当我捡到一块瓦当时

在它的上面

我看到了一只怪兽的头像

也许就是它

主宰着

我对寂静的

领会

一只出土于同心韦州的西夏陶瓷

大爷——

其实我想这样称呼陶瓷

陶瓷比我爷爷高寿，陶瓷比我爷爷的爷爷高寿

陶瓷是出土的神

陶瓷是炉火失踪多年的孩子

现在，我把陶瓷

抱在怀里

比抱我的女人还小心

现在，我把陶瓷抱在怀里

紧不得，也松不得

谁埋下了这件陶瓷，谁遗失了这件陶瓷

陶瓷保管着谁没有花完的古钱币

天盛、光定、大安、乾祐

我一枚也花不出去

花不出去的钱

我收藏在一本册子里

已经倒空了的陶瓮

我选择了一个安稳的桌台

把它放了上去

有时看看

有时擦擦

在清水县街头发现了一家古玩店

无目的行走，无一人认识
无意中走进一家古玩店
老板并不热情，他看出来
我是一个懂行的人，因为
我不看他的假货

我的眼睛
盯着几件马厂时期的红陶
但我没有买下的意思

拿起一把仿造的青铜剑
我试探他，问是哪个朝代
他让我自己看

我要感谢他
他把买卖的主动权
交给了我，说明
他还有职业操守

收藏品

我收集并喜爱了多年的器物

常被我反复抚摸

这是它们需要的

我们的命运互相交缠

我借助过光亮或显微镜

一再确认它们

试图发现留在它们上面的任何线索

一个疤痕的来源，一条擦痕隐藏的秘密

一只宋代梅瓶，从出炉

到摆放在某张条案上，始终是被人抱着的

抱起，放下，几乎听不到声响

直到现在，从一个地方转移到另一个地方

我都是抱着的

因为喜欢它们，我养成了轻拿轻放的习惯

也养成了听命于岁月磨炼出的温和的脾性

苏峪口岩画小考

一轮太阳，刻在石头上
再也落不下去了，直到今天
我还能抚摸到它的光芒

一群羚羊，刻在石头上
再也走不丢了，直到今天
我还能找出最壮的那一只

一头牛，刻在石头上
再也不用辛苦地犁地了
它只需要安心地
啃食肥沃的青草

一把弓箭，刻在石头上
再也不会参与射杀了

一只鸟，刻在石头上
想飞都飞不走了

一位长辫子姑娘，刻在石头上

过这么久了，辫子还是那么长

人还是那么漂亮

一对恋人，刻在石头上

再也分不开了，直到今天

他们还手牵着手

五更山

树木顺应着各自的名字
白杨、山桃或者塔松，交替生长

无数小块的阳光
从枝叶间落在地上
它们腐朽得如此安详

还有一条溪流
从哪里来到哪里去，它不需要
我们知道

至于金色皮毛的老虎，有人见过
而我只是听说
从没有见过它

一种莫名的寂静
我试着找到它的藏身之处
微风吹送着它在我的脸上流动

附近几株高大的白杨

不被我看见

它们就不在这个世上

论钙果

一只钙果发育，过程神秘

众鸟踩在枝头；一群钙果发育

在树木茂盛的果园，大地收留露水

也生长光线

红绿相间的树冠迎光倾斜

有别于人间脸谱

空间是预留好的，时间也如

定制了尺寸，不能短也不能长

没有两片同样的叶子

纠正莱布尼茨的学说，同样

也没有两只一模一样的果子

滥竽充数，败坏彼此的名声

幸运的人们可以放心品尝

它们不是禁果，偷吃者不会遭受惩罚

这些日益成形的果子，都是实体

不同于蓝莓、草莓、树莓

允许它们腐烂，允许它们不腐烂

允许它们无故消失，不留下任何线索

要区分它们与泥巴，要把们它单独

从众多植物的儿女中

区分开来，赐予红花与赞美

它们的形状不接受

任何挑剔与夸大，也不会照猫画虎

或者喧宾夺主

它们的颜色与香气也不会因为

一个人的尊贵与卑贱有所增减，这远高于人品的气度

令我汗颜，当我手握红瓷一样的果子

我应该向它们拜师学艺，牢记道法自然

即使与自己不喜欢的人

同坐一张餐桌

也要彼此看见、互递美酒

清水河畔

白昼圣洁
田野里的秧苗
高过膝盖

六月的清水河
慢慢上涨

一些清洗过羽毛的鸟雀
落在树上

我来到的时候
白色的荷花已经浮出河面

一个眼睑下垂的人
我不忍心细看

掉下一朵花
树上就少一朵花

走掉一个人
人群里就少一张面孔

关山牧场

在马的眼里

这里没有人们认为的诗意

马看关山

关山可能与我们看到的不一样

它们不会像人们

去攀登一座山

也不会像鸟群

浩浩荡荡地飞过秦岭

把用旧的羽毛

丢一些在甘肃，丢一些在陕西

看见火烧云

它们也不会

这样想——

神在天空中

炼铁铸剑

在关山牧场，明处的事物以及

事物与事物之间，以及

一棵树与另一棵树之间

一片青草与一块轻轻

压住它们的云影之间

谷底的石子与流水之间

凝视与忽略之间，记忆与遗忘之间——

只有天然的构成

没有本来的诗意

——它们需要描述，不只是看见

诗意来自描述，来自神所默许的文字排序

这或许就是为什么

我这样记录了

关山的傍晚

当我从关山牧场经过时

草地上静静的马群

除了受到惊吓，多半时间

它们都在低头吃草

我不能全部描述的还有

它们的名字

必定叫蝴蝶

像世上爱不完的女人

它们的名字

必定叫燕子

拥有密林中最笃定的歌喉

它们的名字

必定叫狼毒花

颜色孤寂

并不伤人

它们的名字

必定叫三叶草

不认识惠特曼

但认识我们

日 常

一只青花盘子
看久了
我会把它换掉
换上一件玉雕

一幅画挂久了
我会摘下来
再换上另一幅
是山水，也可能是寿桃

我喜欢看竹子
也喜欢观赏木槿花开
我养花
也种草

梅瓶不会让它空着
有梅插梅，无梅插菊

有一天
我把一只西夏陶瓮

从房间里搬出去

送到库房

有一天

我又把这只西夏陶瓷

从库房里搬回来

放在它原来的

位置上

对我晚年的一次想象

到了晚年我才拥有了一幢别墅

阳光照进房间，多在早晨八九点钟

与我多年前看到的一样

早晨的阳光比其他时辰缓慢

我喜欢的几盆木槿花上

还挂着水滴，它们在阳光中闪闪发亮

我坐在一把椅子上，这是多年养成的习惯

案头上摆放着我一直喜欢的书

还有一个伸手就能触摸到的红木笔筒

我从年轻的时候一直保留至今

一只插着干枝梅的花瓶

也伴随了我多年

有人端茶过来，是我最后喜欢的人

她陪伴着我，她与我的年龄悬殊

却不曾嫌弃我年迈的身躯与灵魂

有时我也喝咖啡，喝经过调制的红酒

因为身体的原因

我已改掉了喝白酒的习惯

经常有慕名者从远方赶来，也有

本城的诗歌爱好者，拜访我

听我说诗，听我讲有趣的往事

让我帮他们看稿子，或者让我

在自己新出版的诗集上签名留念

我也拒绝或慢待冒昧自大的来访者

不喜欢他们一边大谈诗歌

又诅咒诗歌；一边自称诗人

又诋毁诗人。每当我听不下去

我会借口离开，站起身，回到另一个房间

楼兰漠玉

我依然相信，在众多的石头中
幸运者，必定是包裹着玉石的那一块

一块皮壳粗糙的石头，被一再忽略
这符合人们的审美
一块石头
揭开谜底的时日
是一种运气

这个夏天，去往楼兰的路途遥远
洗净的沙子又会堆积成无数座沙丘

这些漫漫黄沙，可能会埋掉一座古城
但是，它埋不掉一场大风

吹在我们脸上的风
让远方又向后推移

此时
天空蓝得让人想跪下来
向它道歉

一个叫夏翠珠的女孩

给我们带路，她手指指向的地方

落日是通红的——

它一直挂在楼兰的废墟之上

它也是一块

可以敲碎的石头

敲碎它

我们就能从中取出

沉睡了亿万年的玉石

奇 石

呈堆积状的火烧云
与白昼下的沙漠
考验着我的耐力

我是爱石之人
当我俯下身
必定有所发现

比起国道旁
毛色黄白的骆驼
我是有贪念的
这么多的奇石
怎么爱
都爱不过来

骆驼似乎
并不把奇石放在眼里
它高高地抬着头
似乎也不把我放在眼里

骆驼在我的眼里是骆驼

我在骆驼的眼里

大概与奇石一样

就是一些无用的东西

如来石

这些石头，因为绘制了众佛
变得尊贵

一个长跪不起的人
先于我到来
他不是在跪拜石头

他在给众佛
下跪

一个人能不能被救赎
不同于剔骨疗伤

你是决绝之人，你可以胆大妄为
我屈膝跪地，因为我尚有敬畏之心

草木吟

草木越长越高
长到半空，又弯到地上

现在还不能说
这是它们最后的一刻

它们是干净的
仿佛初来世上
又好像一直存在

风吹过时
它们汹涌澎湃
但我不会不知所措

摧毁它们的
不是风
也不是翅膀像刀片一样的蝴蝶

草化石

时间应该向这束无名之草默哀

这么久了

它还能保存得这么好

它都没有一个自己的名字

让我怎么爱，怎么给它一个结论

这显然是一件大自然的艺术品

是大自然在剧痛中

创造了它

我用想象恢复它

也无济于事

它已是一具石中残骸

我甚至都辨别不了

它的枝叶

是什么颜色

我原本就是一个心软的人

——只要我看到

渺小毁于强大、脆弱毁于坚硬

就无比难受

关于一棵古树

无所谓容颜已改，这片山林的命运

也可以在一棵树上找到

我喜欢抚摸一棵树粗糙的结疤

它已经很高大，一只手掌

只能盖住它的一小部分

一棵树，是实在的

除了环绕着它的光与影

我可以这么近地看着它们变幻

至于其他，我并不知晓

就像年轮之于岁月

仅从外表难以辨别

也许，我们会将一棵树弯曲的部分

想象成一座独木桥

一把高背大椅上的

两只曲线形扶手

一根经过反复砍削之后

终于细下来的拐杖……

树，不会限制我们的想象

也许，正是依靠我们的想象

它才繁茂或者凋敝

香气也是一样

别的事物不能替代

只有通过想象

让它环绕在清晨的树林，并且

让更多的蝴蝶

纷纷赶来

月亮山

我从没有登上过月亮山

当它被遥望，它倾斜的一侧

布满了雨水冲刷的巨大划痕

我从没有把这座山

比喻成一只老虎

但它的确与一只老虎相似

白天它是温良的

到了夜晚

它会把身上的花纹深深地隐藏

从月亮山吹来的风

有时是干燥的，有时

带着时间古老的气味

你会相信

神住在它的上面

月亮山

三个字

就降伏了大地

让它有别于其他山丘

让一个从没有到过月亮山的人

心里有了挂念

月——亮——山——

我站在远远的清水河边

喊了它一声

——的确

给月亮山命名的人

应该葬在月亮山

也许，他只是在无意中

说出了心中的诗意

现在，当地人很少留意月亮山了

打柴人的后代已经有了更多的分支

部分在海兴，部分在罗山

大部分

在同心

鄂托克前旗

远处尚有风雪，甚至能听到

春雷滚过大地，但是

在随后的几个月内

汹涌而至的青草

会一直漫向天涯

骑手也将重新出现在

一个叫鄂托克前旗的小镇上

当然，也有骑手在风雪中失踪

从远处跑回来一匹空马

岩画——马、鹰、胡杨

请出石头上马

把清水放到它的眼睛里

会怎么样

它们会不会认出

提水的人就是牧人的后代

请出石头上的老鹰

问一问它

在石头上飞了那么久

它要飞到哪里去

大地，还是天空

请出石头上的胡杨

重新将它们栽下

会不会因为死亡的美

被人赞誉

它们不愿意再活过来

在曼德拉山岩画群

三块石头分别刻着马、鹰、胡杨

它们不会立即消失

但是，它们在一点点消失

金昌之南

绵延的山脉

从高空看上去，犹如一位伏面披发的长者

远处的雪峰

终年不化

一种定型的孤独

来自瞭望者的专注

这不是虚构

它已被旷世的孤单证实

当低缓的云彩掠过牛群的脊背

冲向辽阔的空地

草木吞饮雨水的场景

令人感动

一朵花的一生只是人世的一岁

多年前是这样，多年后

还是这样

它们开放，它们凋零

在我的附近

一只蝴蝶

飞来飞去

它是我前世的情人吗

我追了过去

又看到了另一只，另一只

把它带跑了

传说中的夜光杯

我没有见到，但我见到了

色彩斑斓的石头

一块相貌平平的石头

可能内藏黄金，但是

它被忽略了，它被一位牧人搬起来

砌进牛粪黏接的墙体

我带走的这块

也许只是一块石头

它的内部

也许住着一个灵魂、一段前世的姻缘

夜风有些凉爽

与寂静同在的山体

有些高大

躺在草地上

我有过这样的担心

一夜之间

月亮上流下的白色汁液

会浇筑在我身上

从此，金昌之南

又会多出一块化石

大风冈遇鹰记

我的面前落着一只鹰

一只落在地上的鹰

看上去不大

如果我与它的距离再远一点

我会把它看成坐在旷野上的一个人

一只鹰

此刻在想什么

在它的眼里

兔子是猎物

在猎人的眼里

它是猎物

我曾这样形容一只鹰

当一只鹰看见地上奔跑的猎物

它如一件锋利的铁器

从天空中俯冲而下

此时，这只鹰

是安静的

也许，正是因为它的安静

火媒草

不经意间掉下花籽

羊肝子石

允许了一只蝴蝶落在上面

风过寨

暮色中

孤独的废墟，不能看得太久

在风过寨

尘埃与黄土是有区别的

一株灯芯草

能活下来

不容易

对着一面倒塌的土墙，对着

一座空房子

对着一块古老的砂石碾盘

是不能看得太久

久了

一个人会自言自语

某一刻，我仔细辨别着寂静的方位

它究竟

潜伏在何处

一座山比一座山远，一道沟壑比一道沟壑宽大

我将捡起的一块红色石子

带在身上

它的中间有个孔洞

不管这枚石子有没有人用过

我都视它为吉祥物

还有什么可以在风中飞起来

飞到远处去

除了

一扇年份古老的砂石碾盘

风来了

树冠在偏离，小树在抖动

草木在用力，形似

从根部拔起

试图随风到

另一个地方

飞离地面的纸片，在空中飞

纸片上的内容

也在飞

远方如果有人

捡起纸片

会读到什么内容

马，安静地站在风中

鬃毛飞扬

鸟感到了危险

集体钻进树冠

抓住树枝，与树一同摇晃

风中之鸟

主宰一棵树的

也主宰着一只鸟

主宰一只鸟的

也主宰着一个人

所幸

庞大的白昼

依然

沉寂

我的担心

并不多余

当时光

表现出它流逝的本质

——没有什么可以置身其外

观看一只鹰的标本

把一只鹰射杀之后
制成了标本
挂在博物馆内
是对鹰的一种羞辱
应该把它
挂在天空
哪怕只是一只死鹰

可可西里

一具兽骨
突然出现

红头蚂蚁
生来有毒

石头
要搬起来
才能看见
另一面的花纹

火媒草
不是不惧怕死亡
它不知道

衰老的野兽
目光中依然
藏着仇恨

路边废弃的

油桶与旧轮胎

最终会成为另一种物质

我从不建议

一个如花似玉的少女

挑战可可西里

在那拉提

一群羊

在牧羊人眼里

仅仅是生活资料

草原属于食草动物

虽然有时候

鹰会落下来

在那拉提

男人必须忍耐

直到手掌脱皮

如果需要一个女人

最好她自己过来

在那拉提

只有时间才能计算出

一个人的命运

在那拉提

只有老虎的胃

才能预知

老虎何时出现

面壁石

石头上
没有文字，也没有图案

有的只是
天然的裂纹

我试着站在石头前
思过时

石头上的裂纹
吸引了我

我开始数这些裂纹
总共有多少条

骡子山

白色的悬崖与

坡形的山冈

布满了划痕

从沙漠里吹来的风

像一阵阵热浪

附近有一些土墟

它们突兀的样子

很容易让人想到时光流逝

会不会是因为

上苍给骡子山的草木

下了咒语

它们

生长得很慢

这让想爬到更高处的

一只红色甲壳虫

在一枝低矮的狼毒花上

上下徘徊

我喜欢俯下身

盯着这些小生命看

也因此

我经常会这样想

当我处于生命的低谷

一定有一双眼睛盯着我

我不会受到伤害，也得不到任何帮助

贺兰神石

岩石上
刻着一轮太阳
这是先人所为

视它为神石
一定是先人的意思吗

虔诚之人
包括我在内

一块岩石
刻着太阳
最初是太阳吗

我在想
最初的太阳
也许只是
一个圆

先人随手刻下的

一个圆

而已

苍茫之域

这片布满了杂草、风砾石与丘壑的空地
属于飞翔的鸟雀，属于生于此死于此的
爬行动物；一片高高的野芦苇迎着风
它们已经褪色，摇晃着虚度余生
必将慢下来的，是日光晒热之后又在降温的山冈
是月色中低矮的天空与大地之间
汇集的铅灰色云朵

看不见风，但是风吹过的痕迹
我在一道土崖上找到了，它由无数条形的
纹路构成；看不见力量，但是
我看见了互相挤压的两座山丘
现存之物正如我所料，它们各有归宿
一根遗骨，有血路
一根羽毛，有债主

貌似寂寂无声的土墟，在不同的时辰
呈现着不同的面孔，日落前的明亮与日落后的
黑暗，出处一致；要默认它的深不可测
这么宽阔的空地，用掉的时间是蜥蜴一生的多少倍

宁静让一切看上去正在流逝

一只羊头骨、一块枯朽的根茎、一片觅食的蚂蚁

我注视着它们，但不是作为一个怀疑者

也许，因为我的到来，空地上的个别事物

会恢复记忆，一束不幸被我踩踏的花草开始苏醒

一只被寂寞反复折磨的蝴蝶，结束了哭泣

但我不是故意要冒犯它们，也不是故意要成全

它们的命运，我只是感伤于这里的荒凉

它让我不得不在目睹了一系列的死亡之后这样说——

这里，除了它是大地的一部分，再不会拥有其他的荣誉

在查干扎德盖

查干扎德盖的星空

过于拥挤

可抬头仰望，也可平视

它们会不会

在某一刻相撞

也有流星快速滑下

来不及细看

就冲入黑暗

星空是危险的

在科普片中

巨大的火柱

像旋风一样

肆意将星辰吞噬

但是，站在草原上的人

是看不见的

天空蓝得

让人想到了宇宙的和平

因为不知道真相

走在查干扎德盖草原上

我从没有担心过

祸从天降

甚至为能找到

一块天外来石

寻遍了查干扎德盖的

四大无人区

金草垛

乌兰图雅的羞涩跟教育无关
她看着金草垛长大

远处的山脉呈弯曲状
她看着落日长大

草原深处
马群壮如红锈
她看着马群长大

我早就想把她
写进一首诗
在她还蒙昧的年纪

在她还不知道
男人为何物时

当我决定写这首诗时
她已嫁为人妇
身上穿着蓝色的布裙

立在金草垛

一旁

怀里抱着一个红脸蛋的男孩

东去统万城有感

与我见过的古城大体相似

由岁月造就的寂静

在不同的时辰

呈现出不同的质地

我偶尔会在白色而非黄色的

城墙底下

发现一些瓦片

被风吹出的白骨，并不规则

根据判断

我排除了它们是人骨的可能

一只只

黑色翅膀的蝴蝶，在寂寂无声地飞着

它们不同于

别的地方

我的到来

并没有令它们惊吓

破败的城内

隐藏着各种昆虫

乌鸦是一种常见的鸟类

浑身都是鬼魅之气

它们每叫一声

我都会想到古人

毫无疑问，有人在此捐躯

有人在此自然死亡

轮廓几近消失的马面墙

似乎还逼视着远方

我复杂地注视着它们

对于它们

我的敬佩大于好奇

这该是多么绝望的事

它们还将继续与时光抗争

而我却

看不到它们

终极的模样

在官鹅沟

我盯着一个女人看
并且把女人身边的男人
想象成自己——

木栈道上
不是女人的男人挽着女人
而是我

是我轻轻地
拢起了女人的头发
并且甜蜜地吻了一下女人的额头

这美妙的想象
持续了不到一分钟

我就不能再想象下去了
女人身边的男人
径直向我走了过来

幸好，他是来向我借火的

在给他点烟的瞬间

我又看了他的女人一眼

戈壁滩上的风砺石

还有什么能比在一片空地上

更容易让一个人

爱上一块石头

爱上一块可以带走的石头

爱上一块让人想跪下来叩首的石头

古老的石头

年岁长于我们的石头

也许藏有天机

也许本身就是天机

谁有权断言

一块石头是活的，还是死的

一块石头的瑕疵

需要原谅

它和人一样

虽然皮壳

苍老

但有自己的脸面

曼德拉山上落着雪

这个冬天，我们客居在雪域

大地就是诗意的蓝图
它考验我们

一只鹰
需要被描述

一粒沙
需要被描述

就像此时
站在曼德拉山下
我要描述给你们的是

曼德拉山顶
落着雪

草木
在一片白色中消失

一只走散的盘羊

突然出现

它的两只眼睛

呈深褐色

与我对视

巴彦浩特之狼毒花

一株狼毒花

在众多的花草中

是耀眼的

它会时常被人想起

整个夏天的红与白

是这样的——

单独看它们的时候

你不知道喜悦是从哪里来的

你会忘记仇恨与哀怨

你会重新爱上

坐在你身边的女人

无论这个女人

是你的妻子，还是女儿

你会发现

此前的爱

只是开始

红

草原上生长着
一种红色的草
在一片变白的草木中
它独一无二

它是红色的
内敛、干净
似乎挂不住
一丝灰尘

它是草中之王
仅是我的一己之见

这大概是一种时光的红
谁也揭不穿

我想
它的籽粒应该也是红色的

只属于它的红

有别于血液，有别于
人工制造的红色油漆

也有别于
落日的红，月亮的红

查干扎德盖

在这片据说形成于

亿万年前的寂静之地

允许我这样描述

查干扎德盖

曾经是一片大海，现在

它是一座荒原

这些遍地的石头与玛瑙

是深海抛出的残骸

它们已经冷却

无法想象

它们曾经是高温的流汁

互相撕扯

奇异之处在于

石头上

我发现了人脸般的图案

不知道像谁

我反复抚摸它

它也接受

我反复抚摸

宽大沟壑

形成的坡面

恰逢正午

风砺石、入秋的干花与稀疏的灌木

被太阳晒着

它们应该有燃烧的欲望

在查干扎德盖核心区

古老的石头

多数摸上去油润光滑

只有极少的部分

能摸到锋利的棱角

射羊图

羊并没有低下头
这让我非常吃惊

这支箭
明明射出了

希望这支箭没有射中
草地上的那只羊
而是射向了——
一片草原

从此，这支箭一直在草原上飞
刚好飞过我的头顶时被我伸手抓住了

可惜，它已不再是一支箭
而是一把灰烬

祭祀图

一只牛头被卸了下来
摆放在高处

牛身子不在祭祀的范畴
它或许已被剔肉刮骨

此时夕暮
牛眼睛什么也看不见

包括那个
提刀卸下牛头的人

情侣图

又一块石头
变成了祭品——

一男一女就这样
手拉着手
被永久地雕刻在石头上了

他们彼此厌倦了怎么办
他们另有心上人了怎么办

石头坚固而耐磨
我真的想
抱着这块石头下山

让石头上的两个人
远离曼德拉山上的孤寂

并且保证
让他们继续手拉着手

孤马图

一匹马是孤单的
这有损于雕刻者的声誉

雕刻者一定是一个爱马之人
他取下的石头皮，也是一匹马

舞女图

石头上跳舞的女子
若是我前世的女人
我会心碎的

她看上去
衣衫褴褛
与开裂的石头皮
已融为一体

一个跳舞的女子
连件像样的衣服都没有

而我
活在后世
以参观者的身份
在阿拉善右旗博物馆
看到了

她还在跳舞
我已不再认为

她是在表演

她是在谋生

辨 认

在曼德拉山的石头上
我寻找着各种图案——

这是骆驼，骆驼在奶驼羔
这是马，人骑在马上

这是一座塔形建筑
更小的图案大概是僧人

这是一轮太阳，太阳长着胡须
也长着眼睛

这是一对男女，用我熟悉的姿势
表达着爱恋

还有一些神秘的符号
我无法辨认

也许，本来就不需要我们知道
我们何必知道

古老的阿拉善之谜

并不是只有廊檐下歇阴凉的僧人
才把空山里的一座寺庙
当成归宿

我猜想，还有盘旋在寺院上空的老鸹

并不是只有前来广宗寺拜佛的信众
才把升腾的香火
当成祈福的仪式

那些远处的人，那些赶着羊群的人
同样熟悉先祖的遗训

并不是只有蒙古族人
才把贺兰山
当成神山

一只摔下来的岩羊
把它当成神的祭品，便不会有人怜悯

并不是当地人
才把阿拉善左旗的石头
当成大地的舍利子

有人为石从远方赶来
有人为石背井离乡

并不是只有牧民的后代
才把月亮当成一桶羊奶

我也曾坐在营盘山上
对着夜空发呆

黑皮石头

在一块黑皮石上
古人刻下了他们的马

在一块黑皮石上
古人刻下了他们的舞女

在一块黑皮石上
古人刻下了他们的孩子

在一块黑皮石上
古人刻下了他们的寺庙

在一块黑皮石上
古人刻下了他们射杀的猎物

在一块黑皮石上
古人刻下了他们的羊群

在一块什么都没刻的黑皮石头上
我放下了一束狼毒花

鄂尔多斯

我只是希望能遇见一个人，在鄂尔多斯

他骑不骑马没关系，但他必须是一位老者

一位喝羊奶、吃米谷长大的红脸汉子

我想听一听关于鄂尔多斯的传奇

在这方圆几十公里的地方

一只死在石头上的鹰，出乎我的想象

它的眼睛为什么从没有空过

也许，它只是在等待自己失踪的爱人

一架 20 世纪的木轮马车，让我感到新奇

它的下半部埋在土里，青草与花朵

比别的地方更荒凉，它们在大地特有的

宁静的暮色中分享着彼此的色彩

也许，这里曾经有一片湖

湖水被风吹干了，吹向远方，从此

再也回不到这块洼地了，当光与影再次临近

活在前世也活在今生的蝴蝶寂寂无声

黄土筑起的烽火台依然坐落在山包上

它空无守兵，但有我熟悉的威严

这必定是前朝的白骨，不管是英雄还是

败类，请允许我为他们祈祷

我开始确信，我希望遇见的人，找不到了

他永远不会再出现，我来晚了

在一片祭祀过的火场，两件没有烧尽的遗留物

格外醒目：一把铜壶，一只牛皮靴子

铁匠铺

古老的手艺正在失传

有幸在它终结之前，我还能看见这一幕

升腾的炉火以及火中柔软的铁条

正被一个年迈的铁匠摆弄

有形趋于无形，无形又将带出有形

持锤的主人，动作像在复仇

淬火的水、高温的铁

在深度融合，也在深度排斥

我叹服于

这古老的方式烘托着苍凉的海原小镇——

敲打之声重叠在一起

从一个铁皮房不断传出

一根铁条失去规则

由一个即将成形的铁器代替

可能是一把铁剑，也可能是
一块马蹄铁，我这样猜测

成形之后，一把带孔的锁具
推翻了我的全部猜测

在开往哈达铺的火车上

我辨认着

与我的命运一致的人

我在很多人的

面孔上寻找自己

沉默寡言的

心不在焉的

兴奋的

疲惫的

幸福的

操劳的

我居然在一个小男孩的面孔上

看见了自己小时候的模样

——他在一位年轻妈妈的怀里酣睡

音德日图神泉

我不便把它描述得多么富有诗意
也不便虚构一位大神
光脚走过干净的沙漠

或者，虚构一个追逐落日的孩子
返回时，已白发苍苍

在一粒沙上面，发挥想象
建造一座佛塔
没有意义

在一滴水里，发挥想象
取出一堆银子
也没有意义

所谓神泉
在一匹马的眼里
就是一个饮水的地方

甘盐池

方圆不过五里地
草木很容易被放掉血水的一个地方
指的就是它

是否有先人的骨殖深埋其中
与盐粒结疤，变成另一种物质
是否有这么一把宝剑
它锋利的剑刃上，尚未沾过一滴血
同样深埋其中

我们不是亲历者
我们没有看见最后一盏铜灯举在谁的手上
也没有看见运盐的车队
如何碾过城外遍地的青草

也许，在月光下的废墟上
我想象的是一匹鬃毛下垂的骏马，你可能
想象的是一个古代的巡夜人
除了拥有了对它虚构的权力
作为强大证据的废墟，依然

控制着这里的寂静

消失的甘盐池允许

一个人无缘无故地掉下眼泪

吉兰泰

地面上有碱
土是白的
无关盐湖的几根生锈的钢管
是红的

更小的东西
必须在
更近的距离上观察

比如，一只红头蚂蚁
也有表情

比如，一粒盐
有多少个棱角
一只干旱地区的麻雀的
眼孔里
有什么

吉兰泰比我想象的平坦
绿化过的沙漠

偶尔会走出一匹骆驼

白杨树皮

是另一种白

通向盐湖的车辙很深

车轮压出的花纹

正在形成一条便道

卖盐根的小贩与卖石头的生意人中

我喜欢戴纯银戒指的老人

我喜欢闪光的事物

喜欢盐生于土

沉于水

形成的结晶体

再向前走

便是盐湖

安装传递带的黄色机械车

在湖边作业

几位淘盐的工人

穿着宽大的皮裤

胳膊露在外面

我羡慕那些深睡的人

在我的心上倾倒灰烬的

不是天上的星辰

星辰睡得很死，它们遥远得

照不到我的脸上

幸福有时可以这样分享

迎面走过来

三个美女，其中一个

胸前的吊坠

是用原石串成的

我盯着她一个人看

但是，我发现

另外两个

也以为我在看她们

她们骄傲地走过我身边时，脸上是幸福的

生活教育我

生活教育我，时光

可分为多种类型

珍惜型

浪费型

充实型

虚度型

在不能确定

哪一种类型更有趣之前

先不要轻易给出结论

比如，巨大的创伤之后

坐在高高的山冈上，面向落日发呆

额日布盖峡谷之喇嘛洞下所思

悬崖上，一个近于残破的洞穴

距谷底足有数十米

对于从谷底穿行的人而言

很少有人攀爬上去

看看里面的究竟

包括它的深度、它里面有什么存放物

传说洞中曾经住过一个喇嘛

白天打坐，夜晚下山

传说就不是我亲眼所见

倒是有一只白色的盘羊吸引了我

它卧在洞口

头高高地抬起，似乎

在打量谷底的我们

我已不关心传说

传说多半都是后人刻意的杜撰

就看这只羊吧

这只羊在想什么呢

一只羊的眼睛里

人是什么，人的名字

会不会不叫人

会不会与它遇见的狼

区别仅在于

狼身上长着毛，人身上穿着衣服

官珠山

这座山应该是有僧人的

2018 年秋天
我在官珠山上
没有遇到

僧人也许在寺庙里
焚香、念经
并不出门
我这样猜想

至于山上
有无一座寺庙
我并没有向当地人打听
但我相信，官珠山上
应该是有的

我不需要有人向我
指认一座寺庙的所在
我要慢慢接近它——

一座可能存在的

隐蔽起来的寺庙

嘉峪关

苍凉从眼底升起的过程是复杂的

把它压在心底，显然不是我来此的目的

一个面部被阳光遮挡的人

站在古钟下面

古钟还能敲响

声音在高大的墙体内回荡

也会进入缝隙纵深的碑石

还有更古老的东西

它们一直沿用着世袭下来的时光

角楼几经修复

因为没有关于它的记忆

即使它被篡改过

我们也无法获知

几块质地古老的条石之上

道道划痕是不是古人所为

它们也有出处

我没有看到任何记载

就像面对一柄残剑

我看到的只是一道铁锈

肯定还有我们看不到的

也许，在城内的某块砖石下面

还站着一个人

不过，他已变成一副白骨

作为最后的守城人

他高高地举着一盏早已耗尽了羊油的铜灯

在公园里

在朗诵完普列维尔《在公园里》一诗的当晚

他吻了她

自始至终

他都把这短短的

几分钟的吻

当成永恒

只是，地点不在蒙梭里公园

也不在巴黎

石头从来不怕风吹

我有些惭愧

我怎么知道，石头不怕风吹

我不是石头

不能替石头妄言

在一些空出来的地方

一些低矮的植物

一定是

接受了我的喜悦

它们将美好的样子展露无遗

在一些空出来的地方

灰色的砖石与绿色的琉璃

都有了裂纹

我爱着这里的一切

哪怕是时间盗空的一根柱石

我爱着这里的残瓷碎瓦

倾听它们与微风形成的另一种摩擦

爱着拐向坡顶的石阶上

结实的苔藓

爱着落日之下

还在陆续赶来的红蚂蚁

我告诫自己

除了描述它们

我不捏造它们的命运

与万物相比

一个人对抗岁月的能力远不及它们

沙漠玫瑰石

演变是一个痛苦的过程

一块石头的年份

肉眼无法判断

显然，它的锋芒已经固定

结晶体内

包含着杂质

在阿拉善左旗奇石市场

我买下了它

它就是一种石头

与玫瑰的外形相似，但它

不是玫瑰

在银根苏木

一只黄羊的出现

有些突然

起先，我怀疑它不是一只黄羊

而是一个精灵

慢慢地，我相信了

它没有异样

时间是正午

阳光炙烤着地表

无名的灌木

伸出枯枝

有的挂着干花，有的

已经光秃

黄羊的警惕

可以理解

它正在靠近我

它的年岁不大

眼圈有些干燥

空旷让它显得有些消瘦

它有与人相似的孤单

我尾随着它，并没有捕捉之意

我尾随着它，又目送它

天是慢慢黑的

红色的光与沉沉的地平线

渐渐融合

它们安顿秋虫入睡

也接纳了一只黄羊的消失

古剑赏析

毫无疑问

它来自古代

透过玻璃展柜

我看到一截锈铁

这是一把残剑

随墓葬出土

墓主生前

什么身份

无从考证

大人物都应该

有墓志铭的

他没有

墓主是否用这把剑杀过人

也不能确定

我看不出残剑有杀气

也许

墓主只是一个无名之辈

持剑一生

没有变成英雄

这把剑只是他的一件配饰

未曾试刀锋

只是挎在主人的腰间

晃荡了

一世

过当金山

一个年迈的牧人
孤单地坐在石头上
对于我们的到来
似乎已司空见惯

好像他一百年前
就在这个世上，我们不过是
后来的人，我们不过是
他经常看到的又一群人

站在草地上
面对一望无际的金黄色花朵
我们不知所措——

好美呀！太好了
最先发声的
总是入世不深的女子
她用最简单的词
表达了对当金山下
这片草地的赞美

这么美的地方，对一个牧人来说

可能早已变得平淡无奇

他好像在用

一百年前的目光打量着我们

自始至终

没有同我们说过一句话

在某古玩店

我猜测某只陶罐里

可能住着幽灵

黑色的陶罐

姜黄色的陶罐

褐色的陶罐

茶灰色的陶罐

这些幽灵已经

习惯了住在陶罐里

不再贪恋人间

我猜想它们中

有冤魂，有屈死鬼

有英雄，也有无赖

不过，我还是买下了

其中一只

如果陶罐里面住着幽灵

我希望它不要伤害我

我也不伤害它

我还要在陶罐里

为它插一束鲜花

红石湾大峡谷

让一切安静下来的
大于我们，大于一块斜立的巨石

一座又一座
仿佛来自远古的土墟
是分散的
它们之间
似乎在彼此瞭望
尤其在
黄昏时分

我爬上了其中一座
但是很快
我又下来了
直觉告诉我
这是神待的地方
但是，同时
我看见了一只鹰
它像天空中
滑下的一件铁器

重重地落在了

另一座土墟上

我盯着鹰看

鹰也盯着我看

在此期间

总共有三辆木轮马车

咯吱咯吱地

从峡谷里经过

薰衣草

再远，也是有尽头的

一株薰衣草，也可以形容为一望无际

甚至有悬崖、谷底

让香气跌宕

穿过草地，我还想知道

两只蝴蝶

为什么

一只飞起来，另一只也飞起来

一只落下去，另一只也落下去

落日下的旷野

这宁静，过于强大

我都有些不知所措

平缓的坡地上，两匹马

在吃草，鬃毛披脸的马头向着两个方向

远方是一座孤零零的烽火台

我们不是草原上真正的骑手

马不理我们

有人喜欢上了遍地盛开的金盏花

我只对荒凉情有独钟

一只鹰高高地飞了下来

草原上的鹰从不尖叫

更不会结伴盘旋

落日开始下沉

也不是圆的

它更像一根粗大的木桩

在远处静静地燃烧

在腾格里沙漠

宁静的沙漠之上

夜空中的星星

有远有近

有时会有流星掉下来

还没等掉进沙漠

它们就变得无影无踪

长久注视着星空的人

有一半是因为孤独

即使这一半人的身边卧着

一百匹头颅高高昂起的骆驼

阿拉善之夜

昔日的王爷府

也只有一个月亮

它照过的草丛也不会因此茂盛

我一度把它想象成一只盛满羊奶的木桶

一位穿红袍的僧人

坐在台阶上

他看见我从营盘山上下来

如果他有寂寞，我与他的一定不同

白昼热闹的赛马场上空

偶尔会有流星滑落，它们变成灰烬之前

从没有自己的名字

它们的消失，只是一瞬

其余的星辰正向西方流去

一根灯柱接着一根灯柱的尽头

是阿拉善小镇，在它曾经还是一片沙漠的时候

附近是一座古老的骆驼牧场

在一片灌木丛里

我抚弄着一束颜色渐渐变红的长茎草

它是否也是表面快乐、内心忧伤

我想知道真相

它悄无声息地成长着

像我曾经爱过的女人一样出众

在雷古山上

在雷古山上
一个年长于我的人
凝视着我，好像在辨认
我是谁
好像，他是我去世多年的父亲
我是他活在世上
却依然一事无成的儿子

他自始至终
没有和我说一句话

如果他开口跟我说话
我也会跟他说

如果他动手打我
我会跪在他的面前，不做任何反抗

古 道

不要问我孤不孤单

我正在接近一种近似虚无

世上没有一样东西真正消失过

就像灰烬的前身是火

火的前身是一堆干柴

干柴的前身

也许是一蓬沙蒿，也许是一堆猫耳朵刺

古道没入一片荒芜之地

它依然在某个序列里

与失去的记忆对称

也许，古时

一道来自朝廷的圣旨经过此地

只是无人知晓

什么与我在白昼擦肩而过

什么就会在月光之下

重新矗立

我必须相信

古老的布局里

有我失去的记忆

一块石头的另一面

似乎有人为打磨的痕迹

风吹了它这么多年

它依然是完整的

仿佛就是为了这一天

我能够抚摸到它

断崖石

石头古老得
已经不像是一块石头了

它比人
看上去更慈悲

这是白天
若是在黑夜

不排除
从它的里面
走出来一位提灯的僧人

火石寨又记

堆积在一起的
红色的石头
让夕光看上去
更像浓稠的流汁

这趋于一致的红
并非人工制造
石头大小不一
个别深陷于密林

当我站在大于我身体
数倍的石头前
我会认为
它们是神的化身

至少
神使用过它们

我能感觉到
石头自上而下

注视着

这样的注视

由来已久

这样的注视

集中了时光的尖锐

曼德拉山

奇迹发生在任何一个年代

但不是现在

我们看到的只是山下堆积的石头群

它们之间，对峙的力量已经消亡

各有面貌

集中分布在

一块苍凉的无人区

在这非凡的宁静中，也许

诸神正在忙碌，从事着

有别于人类的工作

甚至，当我们爬上

某块巨石时

就是对诸神的冒犯

这未经证实的推测，源自于

我们的好奇心，也源自于我们可贵的无知

曼德拉山下的石头群

这些奇形怪状的石头在寂静中兀自而立
似乎寂静将它们控制于此

从雅布赖草原到曼德拉山
它们占据了一个目力无法穷尽的广大区域
这里，神奇而神秘
应该是月下诸神
促膝谈心之地

这些石头
真的如卧虎如神驼
在我静静地注视它们的时候
一个人试图爬上其中的一块
被我劝了下来
我不知道该怎样告诉他
我为什么要劝他下来

我只是在心中
反复念叨——
在这些石头面前

我们才活了多久呀

我们才活了多久呀
在这些石头面前

边 墙

边墙两侧有黄沙，有丘陵
一侧在内蒙古，一侧在宁夏
爬上边墙
我们就能看见
大野茫茫、绿草苍苍

自古边墙挡快马，不挡风沙
你看，边墙已经破败
风吹空的地方，有砖石碎瓷
也有白骨

一个人在
旷野里待久了
会不会变得孤独
一只鹰
在天空中待久了
会不会变得更凶残

那么，一块石头呢
石头是怎么来到这里的

它可能是一件兵器

临时派上过用场

它可能曾经沾满鲜血

但是什么也看不到了

有时，眼前会突然出现一个牧羊人

他若是古代守兵

会问清我们的来历，也可能会

押走我们去充军

从此，我们学骑马

学射箭，生死不明

但是，现在不会

日落之前

我们可以放心地沿着边墙向东

从清水营步行到兴武营

六十里地

无人过问

巴丹吉林

限于才华

我还描述不出它全部的美

我只能把喜欢与绝望放在心上

徒然地看着

落日下沉

当我从沙漠深处归来

我只能说

我到过巴丹吉林

好在

无意中我看到了

这样一幕——

曼德拉山

向西延伸

与巨大的火烧云衔接时

无边的沙漠

由黄变红

矢车菊

可是，我喜欢它们
当我喜欢它们时，身外之物又何妨

在植物园里

平地上的苜蓿，通往

一座没有围栏的植物园

它们是我一再描述的事物中

被人忽略却被上苍疼爱的一个物种

这里没有园丁，苜蓿草自由生长

我尊敬那个追蝴蝶的孩子

他捡回一只矿泉水瓶

仍进了垃圾箱

他是我最小的孩子

我最小的孩子，才学会走路不久

一会儿牵着妈妈的手，一会儿

让我把他高高地举过头顶

小儿抱抱

我的孩子还小

他端着一把玩具机枪

对着我扫射

我在床上

模仿抗日剧中的日本鬼子

倒下，挣扎，装死

见我一动不动

孩子跑过来推我

我还是一动不动

孩子又掰开

我的眼睛

我的眼珠子

一动不动

我当然不能继续

装下去了

孩子连喊了三声

爸爸、爸爸、爸爸

西大滩

从夏末开始，我就留意着

这片深红

这片轻风吹拂的深红下面

是一道斜坡

不会是另一种木香

扩散于短暂的白昼

两只白鸟，一前一后落在附近

不会是别处的黄昏

掠过此地

显然

这片草丛区别于其他灌木

它们像结束了怀念一样平静

几乎听不到喧哗

所幸

这不是以往

……我最终喜欢它们的理由如下：

这样的深红，一年只有一次

这样的深红，伸展在实体与虚无之间

被遗忘的挂钟

这是一间很久没有住过人的屋子
桌子上、地上、墙壁上
用手指轻轻一抹
就会出现一道痕迹

这是别人的灰尘

——我在心里默默地想
这灰尘，从来没有人动过它

一把藤椅斜放在一张书桌前
似乎能看见主人起身离开时
用手轻轻挪了一下椅子
就再也没人移动过它

在一面墙上
挂着一个造型简朴的挂钟
我正要将挂钟内的
一只铜制摆锤取下
摆锤开始左右动了起来

与一只猫的幸福相当

我在观看一部探索太空的纪录片

叫元宝的美国短毛猫

从桌子上跳下

吸引它的是一只滚动的毛球

这只短毛猫

活得自在、乐观

它把毛球摁在爪子下面

眼睛看着我

在接下来的视频播放器上

太空中绝美的烟火

正将一颗小行星撕碎

我顾不上看猫

祭祀台

城垛呈牙白色，坚固、干净
一千多年了
城垛虽有毁损
但依然气势不凡

沿着墙根，长着一些植物
只有它们不是古人的手艺
没有锋芒与柔弱的区别
各长各的
不会有人忍心拔掉它们

看不到人时，我会想到神
神可能在城垛的高处
也可能
在头顶三尺的虚空里
记我们的善，也记我们的罪

秋日草场

草原上的光，分布甚广

在大滩草原，牛马羊群

各自低头吃草，偶尔

也会看到野兔出没

植物更像装饰

一些花在秋天盛开

在秋天凋谢

红根根已经很少见了

蝴蝶与打碗碗花，也互不相欠

温暖的色泽来自旷野里的金草垛

一行陌生人从便道上下来

他们正在与骆驼合影，拍视频

好像真正热爱的生活并不在城里

一块很普通的石头都会让他们大呼小叫

一些草茎的颜色，与驼羔的眼眸一样黄亮

一些石头的颜色，像白色的小鱼一样闪闪发光

我有感于一只鸟对抗荒凉的意志

要远远大于人类

一天即将结束，落日自己隐藏

我们脸上最后一抹红光来自黄昏

当一只鸟从灌木丛中飞起，一群鸟也跟着飞起

它们以覆盖的方式飞过我们的头顶

飞往拱形的山脉与火烧云衔接的天空一侧

接下来的时辰

天上的星星将秋日的草场覆盖

鸳鸯池遗址

一只陶罐悬于地下

在那看不见的黄土层里

它是神秘的，出自先民之手的

一只陶罐

拥有着隔世的宁静

也许它曾经装满了谷物

谷物化成了灰，灰飞烟灭

现在，它是空的

古老的时间，已不复存在

以土蒙面的兽纹陶片、双耳罐

无疑成形于过去

凝视它们，就是凝视古代

一轮红日下的场景

女人怀抱陶罐，树叶蔽体

从鸳鸯池里取水归来

男人架柴点火

烧泥为陶

数千年前，这块空阔之地

可曾是男子狩猎，女子当家

可曾有月下呢喃

隔湖对唱

一对陶制耳环

摆放在一具头骨两侧

这是谁家的女子，沉睡在死亡的睡梦中

泥土是可靠的

它将一个部落封存起来，将

雕有人像的石器、陶杯、骨针

统统封存了起来

让荒芜的地方，继续荒芜

让长草的地方，继续长草

延续了长达数千年的寂静

覆盖于此

当我轻轻敲打一只陶罐的外壁

当当之声近似敲打一件金属器物

我宁愿相信，这样的声音来自古代

多么苍凉的声音

仿佛远古的黄昏恢复了记忆

消失的一幕又在眼前重现——

男子在亮灯的土屋前下马

女子掀开草编的门帘

低身相迎

图雅的石头

选石头的魅力在于

一个假装爱石头的人

挑着挑着，就有了眼光

挑着挑着，就真的爱上了石头

石头的持有者，是一位中学女教师

她已退休，还是在当姑娘的时候

这个叫图雅的蒙古族女教师

就开始在银根苏木、乌力吉、查干扎德盖

跟着男人捡石头

她对黄碧玉情有独钟

玛瑙也只喜欢干净的

要么纯红，要么纯白

她不认可玉不琢不成器之说

不伤石

才是爱石

她让自己的儿子

把整箱整箱的石头搬出来

让我们挑选

不能说她已经不爱这些石头了

她有变现之需

不得不忍痛割爱

我能体谅她

在石头成交之前

她揣摩着我们的心思

我们也揣摩着她的心思

标 本

爱上万物
而不是相反

允许地火
攀上枯木

允许星星
拒收灰烬

允许一只蝴蝶
劫后重生

爱过的
还可以
再爱一次

不必刻意
涂抹一个星空
并且加厚它的油彩

戈壁滩上

土墟高大
不可以对着它
自说自话

深渊就在头顶
它比戈壁更苍茫

远处是落日
红得像一堆火

什么发出了
一声轻微的响动
又迅速消失

大概是一块石头正在裂开
几万年就这么一次
我为听到它感到幸运

我终于看见了一堆柴灰
这里有人生过火
这里并非我一个人来过

落 日

当看清了它

我知道

什么才是独善其身

它所有的铠甲

都不是用来

对付长矛的

静 物

一株空心草
在轻轻晃动

其实没有风
而是一只红色甲壳虫
爬上去，又掉下来
掉下来，又爬上去
这样反复折腾所致——

在黑河边

当我看见河对面

站着一个牧羊人

我还意识不到

他的孤独

当牧羊人赶着

他的羊群

消失在一片胡杨林里

我还是意识不到

他有多孤独

回到小镇

我想起了他

第一块石头

捡到第一块

就喜欢上了

以为这可能是今天

捡到的最好的石头

捡到第二块、第三块时

依然觉得第一块石头

是最好的

捡了一堆石头

开始挑选

在被淘汰掉的石头中

就有捡到的

第一块石头

枯死的胡杨

沙漠之上

枯死的胡杨随处可见

酒泉无人区的地貌并不平坦

有沙漠也有风砺石但每遇枯死的胡杨

我都忍不住停下来打量

枯死的胡杨提供的荒凉之美

是大地遗弃的产物之美

与当地牧民把它们装上木轮车

作为燃料拉回去形成的反差是

我毕恭毕敬，牧民漫不经心

石头花纹

石头上

长满花纹

其实，也不是装饰

把花纹归功于神赐

连我自己都心虚

花纹也不是人为所致

花纹为石头自带

晚 霞

一路向西

迎面的青山依然在晚霞中

辽阔旷野

这让我感到渺小如蚁

一切都在秩序中

这些秩序

是谁在掌控

一掠而过的花草

芳香自然散尽

头面向西的马群

有的在吃草

有的在发情

这样的场景已不多见

它们不久就在眼前消失

大概可以这样解释

遇见与错过

是时间的事

也是空间的事

白色的越野车上

包括司机坐着五个人

导航显示

我们计划夜宿的吉兰泰小镇

车程还有五十一公里

五十公里、四十九公里、四十八公里……

落雪不会很快消逝

一个人在徘徊

我只能描述出

他在雪地上

往返走动

若有所思

我只能叫他陌生人

他的穿着如何

并不重要

他的眼神需要

近距离观察

一个人在雪地上

走动

似乎无视

雪又落了下来

也不在意

有人注意他

贺兰山谷

山谷中

传出的声音

是溪流与鸟鸣声

后来又加入了

我们的声音

从进入山谷的一刻起

岩石上的羚羊

就已经在我们叫喊声中

警惕地扭过头

往下看

能听见各种回声交织

已身处山谷

危险的地方

也在山谷

有些峭壁

只能用来仰望

有些石头

只能摸一摸

背石下山的人

毕竟是少数

不难理解

我们的身心中

根深蒂固的自然属性

从没有泯灭

也就不难理解

从山谷中

带回的鸟雀

为何绝食三日

死在笼子里

红酒之恋

一个人的忧伤

音乐是解决不掉的

靠回忆

还能自寻烦恼的故事

一定是美好的

红酒酒庄 13 号

适合借酒消愁

这并不是

他逗留在此的目的

他是想听

说醉话的女人

背叛起来

有多么痴情

银川开往西安的火车

每天深夜

都有一列火车驶过郊外

十年前如此，十年后如此

再过十年

也许还是如此

一列火车

驶过郊外

那时，我已经老了

火车上坐着年轻的一代

后 记

你可以不必读这本诗集，你还有别的更有趣的事要做；你也可以将这本诗集传给下一位。时间会证明，你做了一件有趣的事。

2021 年 3 月 13 日